Henri-Pierre JEUDY

PARAGES DE L'INCONSCIENT

Recueil de nouvelles

1.- Refus de parturition

Si ma mère n'avait pas raté son bus le 6 juillet 1944, je ne serais pas venu au monde. Ce bus dans lequel elle n'a pu monter parce qu'elle était en retard de quelques minutes a été bombardé. Je ne sais pas si je me serais aperçu de ma mort puisque je n'avais pas encore poussé mon premier cri. Je n'aurais vécu que cinq mois de mon existence embryonnaire et je suis fier de penser aujourd'hui que je connaissais déjà bien ma mère. Je partageais en quelque sorte sa vie intérieure. Si le péril était partout présent, j'ignorais pourtant ce que pouvait être la guerre, j'entendais des bruits stridents, ils tournaient autour de mes tympans novices avant d'éclater. Je savais les distinguer des gargouillis qui me berçaient. Je m'imagine que ses entrailles m'offraient une douceur en trompe l'oreille de toutes les horreurs destructrices de la vie. Je pressentais que la catastrophe était « dehors », qu'elle menaçait de m'atteindre, et qu'elle demeurait écartée par les gestes instinctifs de ma mère qui se conduisait comme un animal capable de toujours anticiper le danger. Combien de fois l'ai-je entendue réciter « la mort du loup » d'Alfred de Vigny pour m'endormir ? Cet art d'éviter le désastre en jouant à le provoquer, allant jusqu'à mimer la mort pour mieux en conjurer l'angoisse, elle me l'a appris en faisant du miroir de la réalité du monde, une glace sans tain.

Quand un mois plus tard, ma mère revenait à bicyclette, de Nancy en Lorraine jusqu'au village champenois où elle devait se réfugier, j'ai bien supporté les secousses que son ventre subissait, j'ai été terrorisé au moment où elle s'est retrouvée dans le fossé lors d'un passage de camions pleins de soldats américains. Elle a reçu une pluie de chewing-gum, personne ne s'est arrêté pour l'aider à se relever. Je fus seulement traversé par les ondes de sa colère qui me laissaient déjà présumer l'hostile sollicitude de ceux qui veulent votre bien. Je n'avais pas intérêt à sortir de ma tanière naturelle qui me mettait autant à l'écart des commotions que des bonnes intentions.

Je sentais souvent ma mère exaspérée, je n'étais pas en mesure de critiquer ses raisons de l'être. Quand elle est arrivée chez ma grand-mère paternelle, elle s'est précipitée sur une tarte aux pommes qu'elle a mangée toute entière, je l'ai entendue en mâchouiller les morceaux avec une avidité effrayante, je ne crois pas avoir éprouvé moi-même la faim qui la tenaillait depuis plusieurs jours, elle m'avait donné parcimonieusement ses réserves pour que je puisse survivre. Elle était épuisée, je l'ai sentie renaître, le vide criant de son estomac s'est rempli d'un coup, j'ai compris plus tard, beaucoup plus tard, que mon amour de la tarte, venant de cet instant sublime de satisfaction, était une arme incomparable pour combler l'idée du manque.

Lorsque ma mère dormait, je restais éveillé, j'humais le parfum du vin qu'elle avait bu avant de se coucher. La nuit tombée, elle s'attardait à table, fumait un petit cigare en finissant son verre de Morgon et quand elle décidait d'aller s'allonger, elle passait ses mains sur le bas de son ventre, je recevais l'écho de ses caresses qui me persuadait de retarder le moment de ma naissance. Sans doute ai-je connu le désir de ne point naître, en demeurant pour ainsi dire au bord de la naissance, comme si je parvenais à augurer, depuis le ventre de ma mère, le désarroi que me provoquerait le monde extérieur. Se mouvoir dans un monde où il est impossible de se cogner. L'apparition du cloaque s'évanouit dans les ténèbres du sommeil avant de prendre cette forme qui s'approcherait d'une réalité organique. Soupir gluant éclos dans le clapotis des mémoires noyées. Bruit étouffé d'une fureur éplorée en écho du panache cosmique.

J'ai acquis ce goût étrange de demeurer dans l'expectative qui ne souhaite pas éclore. Telle une fleur prête à s'ouvrir et dont les pétales restent collés les uns aux autres. J'étais aveugle, je captais des sons qui devaient me donner des visions internes, leurs effets d'ombre et de lumière ignoraient le temps de leur apparition. Etais-je en train de me métamorphoser ? Mes bras et mes jambes bougeaient, je sentais ma mère se retourner pour se mettre sur le dos, j'apprenais à sortir de cet état d'impavidité qui aurait pu, si je ne faisais aucun mouvement, la laisser imaginer avec terreur que j'étais un fœtus mort.

Naître ou ne pas naître, telle fut donc la question. Seul un accident aurait été susceptible de provoquer l'accouchement, une perte inattendue des eaux sans le moindre signe prémonitoire d'une contraction. Ma mère était-elle complice de mon refus de naître ? Elle m'indiquait par ses manières de se rouler en boule combien elle souhaitait me garder dans sa ouate organique en me cachant toute issue vers la lumière extérieure. Elle retardait la parturition comme on tente de détourner une catastrophe naturelle, inéluctable. Je ne pouvais plus arriver 'à terme', celui-ci était déjà dépassé. Pourtant la guerre allait finir, Paris venait d'être libéré, persistait le risque d'une bombe perdue, celle qui met fin à des jours qui n'auront jamais commencé. Pourquoi ma mère ne voulait-elle pas goûter aux joies de la délivrance ? J'étais le seul à approuver ce qui semblait bien être une décision de sa part, le retardement de ma naissance s'éternisait parce qu'elle n'était pas prête à voir sortir hors d'elle-même la vie qu'elle venait de sauver durant de longs mois. Et moi, dans ce monde sans heurt, je découvrais en prenant la taille de l'enfant qui va naître, la jubilation que m'offrait la constellation de ses relais organiques. Je pouvais jouer à la vie, à la mort, en plein cœur d'une énigme éternelle. Je crois avoir appris à respirer à l'intérieur du ventre de ma mère en parodiant l'étouffement par d'innombrables mimiques. C'était là ma manière de parcourir le passage de la mort à la vie, ou de la vie à la mort. C'est dans son ventre que j'ai le mieux réussi à faire semblant d'être mort avant d'apparaître. Il a bien fallu capituler, s'avouer vaincu, je suis sorti de son ventre, les mains sur la tête, comme un planqué qu'on vient de débusquer de sa caverne. Ce n'est qu'au moment où ma mère m'a elle-même tapé sur les fesses que j'ai réussi à pousser mon premier cri.

2.- Légende de la vitrine qui donne sur le vide

« Les noces taciturnes de la vie vide avec l'objet indescriptible » Jacques Lacan[1]

I.-

Vous êtes étendu sur votre lit, vous venez de vous éveiller, vous avez fait un cauchemar dont vous n'avez pas le moindre souvenir, vous tentez en vain de retrouver la trace d'une image, une oppression dans la poitrine vous provoque quelque difficulté à respirer, vous écoutez le silence de la maison, un silence qui semble ignorer le temps. Vous savez que vous n'avez rien à espérer du jour qui viendra, vous vous lèverez comme d'habitude et vous irez regarder la colline aux arbres déjà dénudés, leur cime enveloppée de brume. Pour le moment, vous concentrez toute votre attention sur un bruit éventuel émanant du grenier au-dessus du plafond de la chambre où vous dormez, un bruit que vous aimez entendre, celui d'une souris qui court sur le plancher ou qui agrandit une fissure avec ses dents pointues. Cette souris, c'est l'autre habitante de la maison, et vous l'avez repérée à

---

[1] - cité par Pascal Quignard dans l'Homme aux trois lettres. P.O. L

8

plusieurs reprises au cours de la journée. Elle sait que vous êtes là.

Vous pensez à votre nièce qui ne doit plus bouger pour se donner toutes les chances de garder le bébé qu'elle porte dans son ventre. Vous aimez bien son prénom, Iphigénie. Elle marche toujours d'un pas nerveux, elle traverse les pièces aussi vite que si elle avait des patins à roulettes. Vous vous posez alors une question que vous estimez stupide, comme bien d'autres questions qui vous tarabustent : en pensant à elle, là, étendu sur votre lit, en plein cœur de la nuit, croyez-vous la soulager de ses propres angoisses ? Elle doit jouer au gisant pour ne pas perdre son enfant.

Vous vous êtes souvent dit que, de rester immobile, était en soi une aventure. La menace la plus virulente ne vient pas des fourmis qui envahissent les jambes, ni des crampes dans les muscles, elle naît plutôt de la conquête de la léthargie et de l'annulation du désir d'agir que celle-ci implique. Vous-même, il vous a fallu comprendre combien l'impavidité n'allait pas de soi, le fait d'être étendu sur un lit sans bouger ne permettant que de produire une apparence salutaire de l'inertie. Vous constatez brusquement qu'Iphigénie, votre nièce, doit pour ainsi dire prendre la place du mort pour conserver le vivant qui se loge en elle.

Dans le manoir, le silence nocturne est toujours perturbé par des voix que vous entendiez quand vous le souhaitiez. Vous n'avez jamais eu vraiment peur des fantômes ! Ils sortaient de votre tête pour se balader en ces lieux dont vous partagiez avec eux la connaissance. Ils vous étaient si familiers que vous pouviez les congédier sans les blesser. Vous vous êtes longtemps demandé si le double de soi-même existe d'une manière autonome et vous devez bien le reconnaître : aujourd'hui, là, en pleine nuit, vous vous en fichez, peu vous importe que les fantômes sortent de vous-mêmes ou qu'ils viennent d'un ailleurs.

Vous n'allez tout de même pas nous dire que vous venez d'entendre le bébé crier. Un bébé pousse son premier cri quand il vient au monde, auparavant, il émet des sons de flatulence qui se confondent parfois avec ceux de sa mère. Le cri que vous venez d'entendre, vous le devinez aisément, a surgi d'un lieu de votre propre corps que vous n'avez pas réussi à repérer. Il ne doit pas vous être familier. Vous avez été surpris par son ton aigu. Ou bien est-ce celui de la souris qui aurait coincé sa tête dans la fissure qu'elle est en train d'élargir ?

Vous croyez faire l'effort d'être dans le même état que celui d'Iphigénie, votre nièce, en contractant seulement votre ventre, vous imaginez ainsi la soulager en vous substituant à elle, sans même le lui dire, et à distance — comme si vous accomplissiez un acte délibéré de télépathie. Vous pourriez plutôt vous faire accuser d'anthropophagie.

Parmi les fantômes, vous avez une préférée, une jeune femme qui est restée plusieurs années, les plus récentes, dans la maison et vous cherchez, sans en être vraiment conscient, à l'éviter, vous n'osez pas vous avouer que vous avez peur d'elle. Rappelez-vous que vous aviez régulièrement la visite de Mademoiselle Bizard, vous avez même parlé de sa présence dans un livre que vous avez écrit, souvenez-vous qu'elle ouvrait l'armoire à côté du lit, de votre lit, pour chercher une robe — ces robes en tissu *organza* qui gratte au toucher -. Chaque fois que vous l'approchiez, elle disparaissait. Reconnaissez-le : vous restiez dans votre lit, le drap tiré jusqu'à vos narines pour la voir demeurer là, en face du miroir placé au-dessus du marbre de la cheminée. Plus vous demeuriez immobile, plus Mademoiselle Bizard s'attardait dans votre chambre. La distance qui séparait vos yeux de son image assurait la pérennité de sa présence.

Et maintenant, il faut bien vous l'avouer, vous songez à une autre femme encore qui a quitté la maison. Cette jeune femme, vous refusez de lui donner un prénom, vous préférez toujours l'appeler « elle ». Le jour de son départ, vous êtes sorti de votre chambre, vous êtes descendu par le grand escalier, et vous l'avez rencontrée à mi étage. Elle vous a toisé et vous a déclaré de tout de go : « Qu'est-ce qui me prouve que vous êtes vous ? » Peut-être ne vous regardait-elle déjà plus de la même manière que les jours précédents.

II.-

Elle a bien entendu la vieille dame d'en face lui dire « l'année dernière, j'ai perdu mon mari, cette année, je perds la tête ». La rue est étroite, les vis-à-vis sont courts et, rares sont les passants. La ville où elle habite ne compte que trois mille habitants dont beaucoup paraisse dépressifs. Il est vrai que l'atmosphère d'abandon est curieusement accentuée par les façades restaurées des demeures qui ont pris l'apparence de musées alignés comme des bâtisses vides de chaque côté de la rue bordée d'étroits trottoirs. Tout semble consacré à la beauté du lieu mais celui-ci reste désespérément sans âme. Chaque jour, elle ne peut manquer de se demander ce qu'elle fait là. Sans doute, se dit-elle, la même question se poserait ailleurs.

Elle vient de confectionner quatre têtes en papier mâché, elle les a posées sur la grande table de la salle à manger qui lui sert aussi de salon. « Au moins ce soir, il y aura du monde ! » Elle étale des coquillages dans lesquels elle collera des billes pour faire des yeux. Auparavant, elle écrivait dans son bureau dont les murs sont recouverts de boiseries. Tandis que le feu s'était éteint, elle avait poursuivi son récit, elle en ignorait toujours l'issue.

Bien que je l'aie observée pendant des mois, bien que j'aie réussi à me souvenir de détails incroyables, je ne parviendrai pas à construire son portrait. L'enchaînement de ses gestes me paraît trop irréel. Souvent, je me suis dit que j'aurais dû faire de la peinture, je pense au « portrait ovale » d'Edgard Poe. Le modèle devient si vivant qu'il en meurt.

Elle arpente la pièce, s'arrête près d'une fenêtre qui donne sur la rue, soulève le rideau, se retourne brusquement et, comme si elle se trouvait sur une scène de théâtre, déclare plusieurs fois 'la situation est grave'. En écho, elle répète 'grave', 'grave'… De ses yeux irrités par les effets d'une allergie oculaire, elle interroge un public absent et au cœur du silence qu'elle vient de provoquer, elle éclate de rire.

Son rire, je l'entends toujours.
Je pourrais lui attribuer un sens, mais ce rire perdrait l'innocence qu'il invoque. Cette innocence d'une moquerie enfantine qui jamais ne s'éteint.

Parmi les quatre têtes en papier mâché, l'une est de couleur brune, c'est l'immigrée. La tête de l'immigrée.

Elle doit réaliser une vitrine, de la même manière qu'étaient confectionnés les cabinets de curiosité dans les siècles passés. Elle fabrique des corps en fil de fer, elle les revêtira de ses propres vêtements, elle leur fera adopter différentes pauses et la composition scénographique devra ressembler à un tableau vivant. Il faut attirer l'attention des rares passants quand ils promènent leurs chiens. Parfois, elle voit avant que le jour ne soit levé, une dame, toujours la même, qui joue avec son caniche devant la boutique de la fleuriste, juste en face. La nuit ne va plus tarder à se retirer, l'une des têtes se met à chanter dans sa propre tête.

« Aujourd'hui, c'est l'automne… » Elle, elle chantonne *'aujourd'hui, c'est l'automne'* et du bout de son pinceau, elle ajoute une touche de noir au sourcil gauche. Les expressions changent au gré d'infimes détails, l'arrêt des retouches reste arbitraire. Elle, elle ne se maquille plus, elle maquille seulement ses têtes.

Comme d'habitude, je suis entré dans le salon après avoir gravi les marches de l'escalier solennel. Je viens la regarder vivre. Je ne suis ni un voyeur ni un intrus. Je n'ignore pas combien cela doit être peu supportable de sentir la présence d'un regard porté sur soi, même d'un regard amoureux, non parce que celui-ci exprimerait la possibilité d'un jugement, mais pour la seule raison de sa persistance. J'imagine que mon regard, qu'elle ne voit pas, produise une séparation radicale entre les gestes qui s'enchaînent et les sentiments qui accompagnent leur manifestation, je l'observerais alors comme un automate dépourvu de la moindre sensibilité. L'automate parodie le silence de l'écriture.

Je ne la regarde pas vivre pour apprendre à me détacher d'elle, ni pour perdre son amour, mais pour tenter de m'oublier la regardant. J'apprends avec toute la patience requise à perdre le point de vue d'où je crois toujours me placer.

III.-

Vous êtes assis sur le bord du bief, vous observez un cygne, vous savez qu'il est là pour le décor, mais vous acceptez que le décor soit soigné même s'il finit toujours par devenir kitsch, vous vous penchez pour regarder dans l'eau si les poissons ne sont pas rouges et en plastique, vous avez bien du mal à en apercevoir un, vous relevez la tête, vous voyez le clocher de l'église, vous savez que le bourg a une longue histoire, une très longue histoire et brusquement vous vous mettez, sans comprendre pourquoi, à détester l'histoire, toute l'histoire. Pour vous rassurer, vous vous dîtes que vous n'êtes pas seul à éprouver un si vif sentiment de dégoût de l'histoire, vous vous rappelez que Nietzsche s'est insurgé contre l'histoire et contre les historiens en clamant l'innocence du devenir.

Vous vous en souvenez : il y avait deux cygnes autrefois, celui qui a disparu n'a jamais été retrouvé, personne ne sait s'il est mort, celui qui reste, que vous êtes en train d'observer vient de redresser la tête au bout de son long cou, il a senti votre présence. Vous vouliez partir, vous restez là, vous attendez que le survivant trace des arabesques à la surface de l'eau comme il l'a toujours fait, mais le survivant n'a pas l'air vrai, son cou s'immobilise au moment où il pointe le ciel de son bec jaune avec lequel il n'a plus rien à écrire.

Sur le pont, à quelques mètres de là, aucun passant ne passe. Le décor de la ville ne bouge plus, de chaque côté du bief, les quais sont vides. Ce que vous aviez imaginé d'une ville morte s'est accompli comme sur une vieille carte postale jaunie par le temps qui n'en finit plus de passer. Les belles demeures restaurées ont pris l'allure de l'éternité, elles n'attendent plus rien, pas même d'être habitées, elles n'ont plus qu'à s'endormir sur les lauriers de leur patrimoine exaucé.

Vous croyez avoir entendu le cygne chanter, comme s'il n'était lui-même qu'une boîte à musique. « Que reste-t-il de nos amours ? Un petit village, un vieux clocher, un paysage si bien caché… » Il faut bien contempler les choses et quand celles-ci ne sont plus en mouvement, elles tuent la nostalgie qu'elles inspirent. Si vous vous mettez à marcher dans les rues désertes, vous vous donnez l'apparence d'être en quête d'une âme qui vive, mais si vous la rencontrez, vous ne sortirez pas du tableau dans lequel vous êtes enfermé, n'étant vous-même qu'une âme qui meurt. La contemplation n'est que l'abandon sans fin du regard.

Je suis venu à votre rencontre, et vous ne m'avez pas vu.

Vous aimez croire que vous êtes frappé de cécité. Pas n'importe laquelle. C'est un reflet brûlant qui vous aurait rendu aveugle, un reflet du soleil sur l'eau. Vous avez découvert depuis ce jour que rien, absolument rien n'est là *pour* votre regard. Vous resterez toujours en train de contempler et ce que vous voyez n'aura jamais été là, ni pour vous, ni pour le tableau du paysage.

IV.-

Dans une vitrine de sa boutique, elle a installé la plaque mortuaire de Monsieur Bizard qu'elle a trouvée par terre, avant hier, au cimetière. 'Ici repose Mr Jean Bizard, né à Commarin – Côte d'Or-, excellent père, excellent époux, mort à Cirey-sur-Blaise, le 17 mars 1848 dans sa 80ème année'. Dans un rocking-chair, elle assiéra Mademoiselle Bizard après l'avoir revêtue d'une longue robe de taffetas et lui avoir mis sur le crâne un chapeau à voilette. Elles ont fait connaissance au vieux manoir une nuit d'été dans l'antichambre, mademoiselle Bizard était en train de descendre les marches de l'escalier, tenant la rampe de sa main droite lorsqu'elle, sortie de sa chambre pour rejoindre la salle de bains, a glissé sur le tapis usé et atterri sur le plancher. C'est d'abord à quatre pattes qu'elle a aperçu Mademoiselle Bizard.

Je suis dehors, face à la vitrine, dans la ville déserte. Je suis tenté de lancer un cri pour constater si des gens ouvriraient leur fenêtre – ne serait-ce que par curiosité -. J'ai peur que mon cri s'exténue sans qu'aucun visage n'apparaisse. Le silence est devenu l'aveu d'une défection des êtres humains.

Elle a déposé près d'un vieux sablier les quatre têtes en papier mâché. Elle vient de mettre les chaussures dorées de Mademoiselle Bizard. Celle-ci semble se plaire dans son cabinet vitré. Bien installée dans son rocking-chair, les bras ballants, elle attend, les yeux orientés vers la rue vide.

Je suis assis sur une borne devant un magasin fermé par un rideau de fer.

A l'aube du siècle passé, Mademoiselle Bizard a accouché dans le grenier du manoir. Son landau est resté sous les toiles d'araignée dans le pigeonnier abandonné.

V.-

Quand vous ne savez plus dans quel sens vous diriger, vous cherchez peut-être d'où vous venez, mais vous n'êtes pas dupe d'un lieu d'origine qui demeure toujours probable. D'un lieu d'origine qui semble toujours en cacher un autre.

Là, vous vous préoccupez à nouveau du bébé de votre nièce, de ce bébé qui va venir au monde, si votre nièce, rappelez-vous qu'elle s'appelle Iphigénie et que vous aimez bien ce prénom, vous l'avez dit vous-même, si votre nièce accepte de « jouer le jeu », c'est-à-dire de faire la morte, de faire comme si elle était déjà morte afin que les soubresauts de son corps ne menacent pas de provoquer une interruption brutale de la grossesse au moment où le monde semble devenir fou. Mais n'a-t-il pas l'air, le monde, de toujours être pris de folie ?

Peut-être est-ce le cri du bébé qui vous obsède, vous avez tenté de nous faire croire que vous l'aviez entendu dans le grenier, dans les temps passés, comme si le bébé avait déjà vécu sa vie mais que sa mère, qui n'aurait pas d'âge, continue à venir dans votre chambre chercher ses robes pour la nuit, comment pouvez-vous penser que votre nièce se souvienne de ce que vous vous acharnez à confectionner comme une légende ? Vous êtes persuadé que la naissance est

un vol fait à la mort, et que c'est la seule façon
d'entendre le cri du vivant, ce cri silencieux que
votre nièce doit protéger dans son ventre
jusqu'au moment où il éclatera.

Surseoir au sacrifice d'Iphigénie à Aulis. Les
fantômes ne font plus de sacrifice autre que celui
de leur ombre lorsqu'ils s'évaporent à la lumière.
Ils ignorent le sang des vampires. Vous avez été
surpris dans le pigeonnier en train de crever la
toile d'araignée pour déposer dans le landau le
hochet que vous aviez retrouvé derrière un vieux
buffet. Vous savez que votre nièce tiendra le
coup en asséchant ses risques d'hémorragie par
un artifice magique, il lui faut garder son sang
grâce à son immobilité, et son immobilité, il faut
qu'elle la contienne, qu'elle ne sorte pas d'elle-
même, vous croyez l'aider en plaçant ce hochet
dans ce landau abandonné, vous n'êtes qu'un
clown !

VI.-

La nuit va tomber, un chat blanc traverse la rue, un autre chat, lui de couleur noire, part à sa rencontre. Ils se rejoignent et se dirigent avec leur nonchalance antique vers les cabinets de curiosité.

- C'est notre princesse des tropiques, elle change encore sa vitrine, dit le chat blanc

- Elle veut nous éberluer ! réplique le chat noir

Elle, elle est en train de monter la structure du corps de l'immigrée, elle va bientôt l'habiller, elle a déjà placé sa tête sur le tronc en fil de fer torsadé.

- Notre princesse des tropiques va nous installer un beau décor avec des cocotiers, de quoi faire rêver les gens d'ici, dit encore le chat blanc.

Que le jour passe ou non, que la nuit vienne ou non, les couleurs du vide changent pour qui veut bien les voir. Pourquoi se serait-elle mise en tête qu'elle avait pour mission publique de concevoir la vitrine du temps qui n'appartient à personne ? Ce temps dont chacun croit prendre possession par son histoire. Ce temps d'un exil qui se répète ici et ailleurs. Elle, elle est dans la ville, et d'une certaine manière elle n'y sera jamais.

- Pourquoi ne nous donne-t-elle pas à manger ? dit le chat noir.
Notre princesse des tropiques fait de merveilleux plats, dans sa cour, je renifle des épices que nous ne connaissons pas.

- C'est vrai, lui répond son compagnon, je ne pourrais même pas dire leur nom.

L'immigrée est debout à côté de Mademoiselle Bizard, vêtue d'une robe à fleurs, en soie, avec des dentelles au bout des bras, un tout petit chapeau en forme de barque sur la tête. Elle a l'air d'être au service de Mademoiselle Bizard comme au temps des colonies.
- Toi, dit le chat noir, tu m'aimes parce que je suis tout noir, si j'étais tout blanc, tu m'aurais crevé les yeux.

Une nuit, au mois dernier, elle est restée dans la vitrine jusqu'à l'aurore. Elle s'est assise dans un fauteuil Voltaire à haut dossier, elle a lu quelques pages des Rougon-Macquart d'Emile Zola. Elle a laissé la radio branchée pour ne pas s'endormir. Seul un homme mal habillé, titubant, s'est arrêté, vers deux heures du matin pour la regarder, et durant les quelques minutes où il était là, derrière la vitre épaisse, elle a retenu sa respiration et n'a plus fait le moindre geste. L'homme a mis ses mains en visière comme s'il voulait en voir davantage, il avait bien du mal à se maintenir debout, il a glissé sur le trottoir, il s'est relevé pour tenter de reprendre la même position, puis il a abandonné.

Je l'ai vu s'éloigner, disparaître au coin de la rue.

VII.-

Vous ne devriez pas épier ce que vous ne voyez pas, vous allez vous rendre malade, quand vous montiez dans le grenier, pour jouer à cache-cache avec vous-même, vous aviez alors toute l'habileté de l'enfant pour le faire, et vous vous en donniez à cœur joie avec les fantômes qui sortaient des malles et des meubles oubliés, vous leur donniez même des noms à ces fantômes qui se retrouvaient parfois tous sous la pente du auvent pour faire la photo de famille, ils vous étaient si familiers ces fantômes qu'ils auraient pu vous prendre sur leurs genoux s'ils en avaient eus.

Vous êtes assis maintenant sur le bord d'une fenêtre, à côté de la statue du Sire de Joinville, chroniqueur du Roi Saint-Louis. Du haut de son piédestal, il a l'air de s'adresser au monde, si personne ne l'écoute, le monde, lui, écoute le silence d'une écholalie de la parole envolée. Vous vous dîtes, allez savoir pourquoi, que la représentation de l'histoire est une maladie nécessaire, une maladie qui se porte bien, car s'il n'y a personne dans les rues, les statues restent, et les statues continuent de parler même s'il n'y a plus rien à dire.

Vous songez de nouveau à votre nièce, Iphigénie, vous êtes persuadé qu'elle tiendra le coup, vous vous demandez pourquoi le vivant finit par triompher, les humains, les animaux, les végétaux sont destinés à se reproduire, qu'ils le veuillent ou non, alors le vivant n'est qu'un principe, un principe qui fait croire en l'énergie vitale, en l'amour de la vie, et cette puissance du vivant, ne vient-elle pas de la mort ? Le bébé qui, avant de naître, provoque l'hypôthèse de sa mort doit avoir dans son sac plus d'un tour à jouer avant même d'être venu au monde, il réussit à simuler sa disparition avant son apparition.

VIII.-

Bientôt les jours et les nuits qui viendront prépareront les fêtes de Noël, les vitrines seront illuminées. *« Les mannequins doivent avoir un rôle assigné »*. Chacun représente ce qu'il est même s'il trompe l'œil du rare passant qui ne s'arrêtera pas pour le voir de plus près. Au fond, le mannequin est un être fugitif, le corps réinventé d'un fantôme.

Pourquoi a-t-elle atterri ici, dans cette cité prétendument *« de caractère »* ? Vous êtes dans un avion qui survole l'Atlantique, vous vous approchez du hublot, vous vous apercevez que la terre est de nouveau sous vos yeux, sous vos pieds, et brusquement vous êtes éjecté dans l'air, vous vous retrouvez quelques instants plus tard assis dans une des maisons d'un lieu que vous ne connaissiez pas ou alors, vous aviez tout préparé pour arriver là, précisément, comme si votre rêve s'exhaussait, et vous pouvez vous raconter ce que vous voulez, votre destin épousera le récit que vous en faîtes.

Les chats sont partis. Je la regarde, elle est en train d'incliner une horloge comtoise dont le boîtier a été remplacé par le moule en plâtre de la tête du Sir de Joinville. Son corps tendu, ses bras redressés, la courbe incurvée de son dos la métamorphosent en arc boutant bien vivant. Elle ne restera pas dans cette position jusqu'à Noël, ce serait signer son arrêt de mort.

Dans l'autre vitrine, elle avait déjà mis en place un tas de cailloux et d'os d'animaux, trois crânes de chevreuil, deux mâchoires et quelques dents, elle a écrit sur un carton blanc « *sambaqui* », ce nom qui désigne au Brésil, un amas coquillier et parfois de restes humains fossilisés, un amas qui, au bord de l'océan, rappelle la vie des temps préhistoriques. Ces amas peuvent avoir dix mètres de haut, ils ressemblent alors à des tumulus, tels des sépulcres calcifiés que les vagues n'érodent plus.

Avant l'histoire, le temps aurait laissé des traces qui plus jamais ne s'effacent. A vrai dire, je le vois bien : elle ne touche plus à la vitrine du *sambaqui* qu'elle a conçue dès son arrivée ici. Même les chats n'y prêtent plus d'attention, cette vitrine fait partie de leur paysage comme le signe devenu invisible de ce qui a précédé et de ce qui suivra. C'est le monde avant son histoire possible qu'elle a voulu représenter. L'image du monde avant le langage. Je pense au fragment d'Héraclite : *« le monde est un tas d'ordures rassemblées au hasard »*.

Jadis ne se localise pas. Je ne sais pas si je pourrai
la rejoindre en passant de l'autre côté de la vitre.

IX.-

Quand elle a disparu, le chat blanc et le chat noir l'ont retrouvée sur la colline, en haut de la ville, peu avant l'aube. Le ciel était tout rouge. Les chats sont venus me chercher pour que je les accompagne sur les ruines du château. De loin, je l'ai vue assise sur un muret. Est-ce elle ou Mademoiselle Bizard ? La légende ne tient pas la route. Vous le savez aussi bien que moi, que tout ce qu'on raconte n'est que chimère, la fable de l'être qui n'est pas né parce qu'il n'a pas eu sa place dans le monde n'a ni queue ni tête. Comment croire que le refus de naître soit un signe de vie, sans avoir l'air de se moquer du monde ? Dans le paysage sorti de l'obscurité de la nuit, les branches dénudées des arbustes sont nouées autour de son corps voûté qui ne bouge plus comme si le temps s'était replié tandis que les chats blottis au pied d'un amas de pierres s'apprêtent à bondir pour jouer.

La légende raconte des fragments d'une histoire oubliée qu'il faut sans cesse rappeler pour faire renaître le fantôme d'une existence et vous, vous êtes prédisposé à écouter ce récit que vous connaissez déjà par le ouï-dire de vos rêves. Imaginez la légende d'un personnage qui n'est jamais né, d'un personnage qui est pourtant là, dans le monde comme un fantôme, lequel se trouve lui-même toujours en train de poursuivre une histoire qui lui échappe… Ce qui précède la naissance n'est pas une préparation au premier cri de l'apparition. La légende oubliée s'éveille dans la joie pour retourner au silence de l'impavidité. Elle reviendra, vous le savez, elle a déjà toute la puissance que lui donne sa prochaine disparition.

X.-

Dans son bureau, je viens de trouver un carnet ouvert sur lequel elle a écrit ces dernières notes : *« Car il y a une joie plus ancienne que naître, qui n'est pas une joie »*[2]

---

[2]. Idem

3. Carte postale de l'inconscient

Nous étions déjà venus là. Nous avions traversé le même village, dans un sens, puis dans l'autre. Nous avions franchi le passage de l'écluse au-dessus du canal de Bourgogne, et le pont qui enjambait la Marne. Nous étions revenus à plusieurs reprises, les années passées, je cherchais à revoir des vestiges gallo-romains que j'avais vus une fois, il y a plus d'un demi-siècle. Et chaque fois que j'emmenais Clotilde avec l'intention de lui montrer les lieux de ce souvenir que je tentais de reconstituer comme l'image d'un parcours de la mémoire, j'échouais à lui faire découvrir ce que pouvait être le tableau perdu d'un paysage de mon adolescence. Sur la gauche, une route étroite menait au 17ème menhir de France. Cette haute pierre semblait avoir été oubliée au milieu des blés. Dès que je l'apercevais, elle se présentait à mon regard comme un faux repère. Je m'imaginais qu'à partir de là, j'aurais pu retracer le chemin qui mènerait aux vestiges, et quand je suivais en pointillés le trajet rétabli dans mon esprit, je ne trouvais plus rien, toutes les traces que je m'inventais s'évanouissaient sous nos pas.

Clotilde ne disait rien. Je demeurais très calme, je répétais les mêmes gestes avec une précision qui me déconcertait. J'ai arrêté la voiture près d'un café, elle est descendue pour demander à trois hommes s'ils avaient entendu parler des vestiges gallo-romains. L'un d'eux qui voulait sans doute jouer à l'historien, lui a répondu qu'il y avait un autre lieu mémorable, plus récent, à la sortie du village, en haut d'une colline. Il y a quelques mois, nous avions posé les mêmes questions à ces trois hommes, devant le même café. Ont-ils fait semblant de nous reconnaître en nous laissant croire que nous avions tourné en rond dans la région depuis la dernière fois où nous leur avions parlé ? Pour tenter de stimuler leur mémoire, Clotilde a prononcé le nom du lieu-dit : « les Marelles ». Pareille invocation ne leur fit aucun effet.

Nous sommes repartis vers le village voisin en regardant à droite comme à gauche pour repérer une route vicinale qui, de manière miraculeuse, nous aurait conduits elle-même jusqu'à notre destination. Je n'osais dire à Clotilde que je commençais à avoir honte de l'emmener toujours dans un endroit dont l'existence supposée n'était pas vérifiable. Elle ne manifestait pourtant aucun énervement à l'encontre de mon obsession qui me devenait de plus en plus incompréhensible. J'en étais à me demander si je ne cherchais pas un lieu que je n'avais pas envie de retrouver.

- Et si c'était ailleurs, dans une autre région ? dit Clotilde…
Ou dans un autre siècle, ajoute-t-elle en souriant.

- Je me souviens d'un souterrain dans lequel j'ai fait quelques pas jusqu'au moment où j'ai eu très peur mais je ne sais plus pour quelle raison.

Clotilde m'a regardé, silencieuse, d'un air légèrement moqueur. Je n'avais aucune passion pour les vestiges, j'aimais les ruines, celles qui se dressent vers le ciel en nous laissant croire qu'elles unissent notre regard à la magnificence d'un au-delà qui prendrait racine dans la terre. Objets de connaissance, les vestiges n'étaient qu'un ensemble de traces qu'il fallait identifier pour imaginer comment pouvait avoir été la vie passée sur un site dont il ne restait que la figure géométrique de sa composition.

- On reviendra une autre fois… suggère Clotilde.

Chaque fois que ma mémoire paraissait faillir, Clotilde transformait cette irruption d'un vide en expectative d'un retour inopiné de réminiscence. Elle apaisait la colère qui montait en moi quand l'oubli se libérait de ma volonté d'occulter. Je ne cachais rien, je n'avais pas de secret. J'étais effrayé qu'elle me connaisse aussi bien, au point de pressentir ce qui affleurait à ma conscience avant d'épouser la moindre intention. Ses moqueries étaient rendues si délicates par les tendres sourires de son visage que jamais elle ne me blessait.

- Je ne sais pas, lui répondis-je un instant plus tard.

Nous avons fait quelques pas sur un chemin, le paysage était toujours le même. Une telle vision de l'immuabilité tantôt me rassurait, tantôt m'inquiétait comme si je me trouvais prisonnier d'un tableau que j'aurais voulu quitter. Je me demandais comment Clotilde, elle qui venait des Tropiques, appréciait cette monotonie. Peut-être voyait-elle autre chose que l'uniformité de la nature... Il suffisait d'un rien, de l'envol d'un groupe d'oiseaux, d'un mouvement du vent dans les feuillages des chênes, du passage d'un nuage... pour que le tableau se métamorphose. Dans les

Tropiques, l'impression de monotonie pouvait être la même. Clotilde venait surtout de la ville, elle ne manifestait pas une attention particulière à la nature, elle aimait plutôt les fleurs dans des pots placés sur le rebord des fenêtres. Elle partageait pourtant avec moi les mêmes élans d'exaltation à l'égard de cette variation des saisons qu'elle avait découverte en Europe.

L'image du souterrain est revenue brusquement. Des trous dans la voûte annonçaient des éboulis que confirmaient des amas de pierres sur le sol. Je crois que durant un instant, j'ai été la proie d'une peur de mourir étouffer dans l'effondrement brutal de tous les claveaux. Cette scène d'un affaissement imprévisible est apparue à plusieurs reprises au cours de ma vie quand je visitais des églises. Je dressais la tête, je regardais le haut des piliers, puis les arcs en plein cintre, j'admirais leur résistance à travers les siècles, et si je fermais les paupières, si je demeurais là, assis sous leur courbure, je les entendais parfois craquer comme s'ils annonçaient la fin prochaine de leur mise en tension. Dans les ruines des abbayes, la voûte disparue laisse la place à la naissance d'arcs boutant qui, brisés, restent suspendus dans le vide. L'éboulis figé dans

« un état des choses » menace de se reproduire un jour lointain, comme un « arrêt sur image » garde la possibilité de trahir un mouvement imperceptible. Curieusement, la vision de l'instant qui suivait l'effondrement des voûtes me hantait comme le symbole de la grandeur d'une mort subite. Cette vision qui se répétait de manière impromptue était devenue la mise en scène de l'éventualité de ma mort.

Comment lui dire à Clotilde que je tournais autour d'une « carte postale » de mon inconscient ? Elle le devinait. Je l'emmenais dans un voyage au cours duquel les rejetons de la mémoire s'en donnaient à cœur joie. Elle connaissait ma colère contre les peintres des ruines qui se contentent de les figer sans leur donner l'apparence de la vie que provoque l'éboulis. Surtout, elle voyait dans les élans de mon amour, le visage de celui qui vient de mourir à l'instant même où exulte la jouissance de la vie.

4. Anthropophagie de l'inconscient

Le ciel est bleu, les pommes sont vertes, l'herbe a jauni à cause de la sècheresse, trois nénuphars flottent à la surface de l'eau dans la mare, rouges sont les roses trémières, hautes et courbées par le vent du matin, une hirondelle virevolte autour du tamaris, mes pensées restent confuses. J'aurais souhaité te parler de ton exil qui n'en est plus un, tu es là depuis tant d'années, et je te regarde vivre comme si tu avais toujours été là, même depuis mon enfance. Imaginant parfois que le temps puisse s'écouler à l'envers, je te rencontre au siècle passé, en habit de l'époque, en train d'échanger quelques jolies phrases avec des messieurs en queue de pie. Pourquoi l'ailleurs se prête-t-il si aisément au cliché ? Tu pourrais ainsi réapparaître sous les cocotiers, sur une plage brésilienne où des indiens pêchent des poissons roses, nageant dans les eaux vert émeraude, les clichés se succèdent en se glissant les uns derrière les autres sans épuiser leur pouvoir d'évocation. L'exotisme n'est pas un signe fondateur de l'exil. Tu ne cesses de voyager dans le temps et à travers l'espace même si tu ne bouges pas, même si tu es assise derrière ton bureau, à côté d'une fenêtre qui donne sur une ruelle datant de l'époque médiévale. Oserais-je penser que seuls les mouvements de ton corps créent le monde qui t'entourent ?

Je me sens envahi par une peur du monde que je ne connaissais pas au moment où je t'ai rencontrée. L'irréalité des êtres avec lesquels je parle apparaît en même temps que je me sens inexistant. L'exil n'est peut-être qu'une figure de ma propre mort. Un grand départ vers les terres lointaines. Je suis parfois obligé de me rappeler à l'ordre pour persister à croire que je demeure bien vivant.

Lorsque tu es là, que je peux te voir et t'entendre vivre, respirer, chanter, faire bien des gestes anodins qui rendent la vie si joyeuse, cette peur du monde disparaît. Te regarder être bouleverse ce que je vois, et même si tu es ailleurs, si ton absence s'insinue en toi, dans ta manière de n'être plus là, tu m'apparais encore, à tel point que j'ai l'impression de ne point m'apercevoir que je t'invente. Ce serait impossible sans ta complicité qui te permet d'anticiper mon regard. Mais ce ne sont plus des images que j'ai de toi, ce sont des hallucinations qui cachent le monde tel qu'il est.

La maison demeure si hantée par la présence de morts que je n'ai pas connus, qu'elle m'impose des racines innombrables, tels les rhizomes d'un lieu prédestiné à tuer l'ailleurs. Ce n'est pas une prison mais une nasse qui ne cesse de me capturer en douceur en m'offrant les secrets de l'intérieur de la vie. Et toi, tu es là comme si tu avais été prise par ce piège dont les charmes t'ont poussé à l'exil. Au cœur de cet enracinement irrévocable, tu m'offres la figure la plus illusionniste de la liberté.

Je crains parfois que tu étouffes, que tu sois happée par toutes ces mémoires qui t'imposent leurs images, et lorsque je t'entends parler de là d'où tu viens, je suis apaisé par l'évidence du fait que tu restitues aux morts le silence absolu de leur ignorance. Eux, ils ne sauront jamais qui tu es. Je t'écoute raconter l'ailleurs comme une ritournelle que je suis seul à comprendre. Certains jours, tous les deux assis sur la tombe de ma mère, tu me relis des passages du Don Quichotte, telle la grande allégorie d'une origine de la conquête du monde.

Cette lézarde dans un angle du plafond, au-dessus de la fenêtre, que je regarde le soir avant de chercher à m'endormir, colmate les lésions que j'imagine avoir dans mon cerveau chaque fois que s'agitent des pensées confuses. Ce qui se zèbre dans la vision des choses échappe à la construction de la forme. Tels les restes d'un rébus déchiré ou telles les terminaisons en rhizome des artères. Ce que la nuit me réserve, c'est la chance ou le malheur d'une fracture de l'inconscient.

Toi, tu arrives de loin en titubant, plus tu avances, plus ton corps donne l'air de se reconstituer. La distance qui nous sépare ne se réduit pas vraiment, aucune mesure ne permet de l'évaluer. Tu sembles bien t'être rapprochée, et pourtant tu restes là-bas, presqu'à l'horizon. Tu ne cesses de changer de forme comme on passe d'un vêtement à l'autre sans souci de l'allure qu'on peut produire. Je finis par ne plus savoir si c'est toi. Je voudrais t'appeler, ton prénom ne sort pas de ma gorge obstruée par le souffle des onomatopées qui se coincent sous ma langue. Tu ressembles à s'y méprendre, à une mégère du Moyen Age, avec une chevelure si touffue qu'elle cache ton visage. Tu t'es rendue méconnaissable.

Sans doute suis-je encore éveillé puisque le rêve anticipe son récit en m'offrant les indices de sa teneur comme s'il m'invitait à commencer à l'interpréter avant qu'il ne surgisse au détour d'un brusque effet de somnolence. Alors je vois un squelette, ton squelette, derrière un vitrage opaque, et toi, tu me l'as répété à plusieurs reprises, tu me demandes en souriant : « il est beau mon squelette ? ». La dernière fois, tu as ajouté en te dandinant : « je pourrai participer au défilé des macchabées ». Quand tu reviendras à la lueur du jour, ton corps ébloui retrouvera ses chairs.

Du creux de la lézarde sort l'araignée aux pattes velues. Elle avance sur le plafond, au-dessus de la fenêtre. Elle ne tombera pas, elle est en action. Peut-être va-t-elle entreprendre de tisser une toile pendant que je dormirai. J'avais déjà fermé les yeux, ils se sont ouverts à nouveau, mon attention reprend le dessus. Les quelques craquelures derrière les cils de mes paupières se rejoignent pour former le réseau de traits en pointillé qui m'étourdira de la fatigue convenue pour oublier le monde. Là, de cette immobilité réticulaire naissent des tourbillons d'images comme dans le mouvement incontrôlé d'un kaléidoscope. Et quand tout s'arrête, tu reviens encore tel un pantin désarticulé qui aurait perdu son ressort.

Depuis mon lit, je vois aussi un bout du ciel de la nuit, trois étoiles, et si je soulève à peine la tête, j'aperçois le croissant de la lune, en haut à gauche de la fenêtre. Le sommeil me harcèle, ma propre tête m'apparaît dans un miroir convexe en train de redevenir une surface plane. Mon visage déformé se reconstitue sous mes yeux, je ressens une douce brûlure dans la poitrine, mon visage se dédouble, l'effet de la chaleur semble lui donner la plasticité de son mouvement. Plus je me reconnais, plus j'assiste à la disparition des traits que forge toute image spéculaire. Je participe malgré moi à l'évanescence de mes propres expressions.

Alors, tu t'es glissée à la surface du miroir pour me donner l'air d'être une femme. Tu as pris ma place en glissant les lèvres de ton sourire sur ma bouche barbue. Tes cheveux enveloppent mon crâne chauve. Je me laisse maintenant porter par le vertige de n'être plus que le souvenir de moi-même.

5. Le rapt de l'inconscient

Entre les deux fenêtres, le portrait de la jolie négresse était légèrement de travers. Cette peinture plutôt académique avait pris l'habitude de ne point rester en place, tous les trois jours, je devais la pousser vers la gauche. Elle avait été offerte à mes parents par un artiste qui avait refusé toute compromission avec l'art moderne et qui n'avait pas connu l'art contemporain. La jolie négresse était accrochée au mur, au-dessus d'une table de travail, face à un grand lit, vide depuis plusieurs semaines. Quand j'entrais dans la chambre, je savais que je ne verrais personne, je m'asseyais dans le fauteuil crapaud, près de la cheminée, je regardais sa chemise de nuit pliée sur une chaise, des vieilles chaussures à côté d'un secrétaire aux pieds incurvés. En plein jour, un rayon de soleil pouvait éclairer une fine couche de poussière qui se prolongeait sous l'armoire à glace. Si je me penchais, j'apercevais mon profil, et au loin, l'oreiller sans pli ni tête. Un oreiller abandonné à la solitude des temps à venir.

Quand je venais la nuit, le froid était glacial, je poussais juste la porte, je vérifiais qu'elle n'était pas revenue. J'avais beau le savoir, je ne cherchais même pas à me persuader du contraire, j'attendais une surprise qui ne se produirait pas au cours de la nuit sans que je ne sois prévenu. L'obscurité et la froideur avaient l'air de sortir d'une cage pour s'enfuir dans le couloir où je me trouvais. Je me retenais de prononcer son prénom, le son de la première syllabe s'évanouissait dans ma gorge, j'avais l'impression brusque d'être en instance de signer mon arrêt de mort. Il me suffisait de faire un pas de travers pour glisser dans la folie.

Les nuits, j'entendais de plus en plus de bruits, surtout des pas furtifs qui semblaient se diriger vers la chambre. Et peu à peu, je finissais par croire que mes propres pensées étaient en train d'adopter le rythme de ce pointillé nocturne. Dans le noir, je restais derrière la porte pour écouter le brouhaha des voix qui m'avaient été familières. Avant que n'apparaissent les premières lumières de l'aube, je me laissais happer par le bain sonore que provoquait une foule de revenants. J'aurais dû être interné, mais les hôpitaux, devenus des foyers mortels d'infection, demeuraient fermés. Je devais me rendre à l'évidence : j'étais seul avec ma folie.

Parfois, je la voyais, elle, en ombre chinoise,

parlant avec tendresse aux spectres assis sur son lit. Je perdais tout pouvoir de décider ce que je voyais, ce que j'entendais, j'étais moi-même habité par un fantôme qui gouvernait mes gestes, ou plutôt leur absence. Je n'avais pas peur, je ne bougeais pas parce que les fourmis paralysaient les restes de mon corps. La porte de sa chambre s'ouvrait toute seule, le soleil matinal absorbait d'un coup les formes impavides dans une lumière éblouissante qui sur le champ me frappait de cécité.

Il y a quelques mois, lorsque j'entrais dans sa chambre, je voyais d'abord la jolie négresse, et elle, elle restait assise sur une chaise près de la fenêtre, les jambes repliées sous ses cuisses, car c'est en position de cul de jatte qu'elle écrivait ses récits et ses poèmes. Elle me souriait, me disait quelques mots, je m'asseyais sur le bord du lit, nous engagions une conversation et nos pensées se mêlaient jusqu'à cet instant d'ivresse où nous éclations de rire. La connivence se conquiert parce qu'elle est déjà prête à s'épanouir avec les contretemps de la mort. Elle, elle me lisait un passage qu'elle venait d'écrire comme si elle m'offrait l'entrée dans une autre réalité.

Je me suis mis à faire des rêves idiots. J'ai d'abord eu honte de mon inconscient, la stupidité de mes « restes diurnes » était déconcertante, c'est elle qui, à demi éveillé, me produisait des cauchemars. Mon imagination allait-elle succomber à la niaiserie ? Je me voyais frappé par son appauvrissement de plus en plus rapide. J'avais peur de me coucher. La trahison de mon inconscient l'amputait de sa capacité habituelle à créer de l'énigme. Le mot « songe » lui-même avait perdu sa puissance. La moindre scène hypnagogique m'effrayait d'avance, j'en pressentais le ridicule. Cette nuit, j'avais rêvé de la présence d'un camping-car dans le parc de la maison. Une horreur. Je m'étais mis aussi à hurler des mots incompréhensibles, - ces mots qu'on appelle des « mots valises » parce qu'ils condensent plusieurs syllabes par un jeu d'association de son. La « débandade de mon inconscient » me semblait terrifiante, ses « rejetons » ne dansaient pas, ils s'étaient éclipsés comme s'ils avaient refusé d'un commun accord de participer à cette pantomime de la bêtise.

Quand j'ai cru que je réussissais enfin à m'endormir, je l'ai vue, elle, emporter mon inconscient dans un petit cercueil qu'elle tenait contre sa poitrine. Elle marchait d'un pas rapide, elle semblait suivre une direction sans savoir où elle allait. Un courant d'air traversait ma tête, je me suis éveillé, je me suis levé, j'ai marché en hésitant, dans le couloir, je m'en souviens maintenant, malgré la certitude d'avoir un trou dans le crâne, je suis entré dans la chambre, je me suis assis devant le tableau académique de la jolie négresse. Là, j'ai ressenti un apaisement : la représentation resterait immuable. Si je le souhaitais vraiment, je pourrais continuer d'être regardé par ce que je vois.

6.- Les rejetons de l'inconscient

Elle avait mis son pyjama de lutin qui l'enveloppait toute entière et lui donnait une allure enfantine. C'était le costume idéal pour une régression nocturne. Un voyage dans le temps perdu. Le retour seul, sans nulle part où aller, cette marche arrière qui n'a de sens que pour elle-même. L'accident s'était produit il y a déjà bien longtemps quand elle avait été oubliée dans un grand magasin. Elle s'était mise à crier, l'écho de son cri avait traversé tous ces temps pour s'éteindre une nuit et laisser naître des images entrecoupées de silences. Ce qui faisait retour n'avait pas de forme, l'inconsistance des images sautait aux yeux, elle avait tenté en vain d'en arracher la face avec ses ongles, elle avait dû se contenter de griffer le vide. Au fil des années, le voyage dans la régression était devenu plus calme, le paysage s'était rendu apaisant, il ne représentait rien, il semblait presque lénifiant. Et puis, il y avait dans un coin cet extincteur d'angoisse, tout rouge, qu'elle avait parfois utilisé, et qui aujourd'hui ne servait plus à rien.

Le pyjama de lutin était en coton, s'il avait été en lin, elle se serait sans doute grattée, elle n'avait plus envie de se gratter la nuit. La douceur du sommeil lui faisait quitter le monde et quand elle ouvrait les yeux dans le noir, elle n'avait plus peur, l'obscurité la rassurait, la lumière lui paraissait toujours trop violente, même la faible lueur d'une lampe de chevet lui rappelait la réalité des choses. Ce qu'elle observait, elle aimait le voir disparaître, le retour immédiat à l'invisible l'apaisait.

Son corps pouvait devenir si irréel qu'il s'évanouissait avec les ombres de la nuit. Son évanescence laissait naître son double, c'était à elle de reconstituer sa figuration dans le monde. Il fallait bien qu'elle existe.

L'autre regard, attendri, lui indiquait une direction. Le regard qui la protégeait de tout ce qui lui imposait un sens. Comme une main qui se glisse dans les cheveux pour cacher la fontanelle encore fragile.

L'enfance blessée sans objet et sans cause. Et ce regard qui cache de son revers démesuré la réalité trop pénible.

Elle n'était jamais parvenue à confectionner un récit qui puisse tracer une succession d'événements comme si aucune image de son destin n'accédait à la représentation. Comme si le destin se réfugiait dans une mémoire débridée. Le regard qu'elle sentait se pencher sur elle ne chassait pas ses angoisses, il n'en retardait que les effets, un jour, il ne serait plus là, elle se trouverait contrainte de l'imaginer et de ne point être dupe d'une semblable chimère. Au lever du jour, ce même regard sortait des ombres nocturnes pour assister à son propre éveil. Elle ouvrait les yeux, elle ne cherchait pas à voir le visage, elle attendait de se rendormir en ne songeant à rien. En se plongeant dans l'éternité qui se refermait devant elle.

Ce regard lui indiquait qu'elle ne devait plus avoir peur d'une quelconque irruption des retours de mémoire, ou de la fracture des idées perdues comme des coquelicots dans un champ de blé. L'œil intérieur, seul boîtier des lueurs de l'espoir. Mais le mécanisme revient à la charge avec ses rejetons — ces semblants d'être qui surgissent comme des verges du sens -. Le regard a beau le circonvenir, il ne se laisse point bercer par la seule tendresse des yeux, il active ses rouages habituels contre les apparences de la quiétude.

L'attaque frontale a eu lieu : pour le moment, le regard réussit à enrayer le mécanisme sans lui tordre le cou pour autant. L'enfance en elle revient avec son sourire qui détourne la violence de la réalité. Là en ce coin du monde, en ce lieu retranché d'où les événements finissent par être dépourvus de sens.

La déflagration fut silencieuse. Sans le moindre écho du son des mots.

7.- Le tabouret

« C'était en 1950, j'avais cinq ans et quand je revenais de l'école, je tournais à droite dans l'impasse où nous habitions au dernier étage d'un immeuble dont les balcons offraient une vue sur la Tour Eiffel, je passais sur le trottoir d'en face, un vieil homme assis sur un tabouret, une canne entre ses jambes, relevait la tête en m'apercevant. Chaque fois, il me souriait, je m'approchais de lui, je restais un instant immobile contre ses genoux, il passait sa main droite dans mes cheveux, il murmurait des mots que je ne comprenais pas, des mots qui expiraient dans mon oreille comme le souffle d'une incantation à la vie. Lorsque ce souvenir me revient, je me trouve contraint de me représenter que c'était au lendemain de la guerre, ce qu'à l'époque je ne réalisais pas. Ce vieillard assis sur son tabouret, seule image des lendemains de guerre qui soit demeurée inscrite dans les limbes de ma mémoire. Un tableau que j'ai dû reconstruire au fil du temps : l'étrange sérénité née d'un sentiment que « tout est enfin fini » dans un silence immuable qui fait suite aux pires horreurs. J'ai pensé, mais j'avais déjà un certain âge, qu'il attendait là, sur son tabouret, une autre mort, la douceur d'une disparition du monde qui viendrait des secrets de sa propre enfance. J'ai appris beaucoup plus tard, qu'il était sorti des camps de la mort d'où on ne revient jamais.

Chaque jour, il m'attendait. C'est seulement au retour de l'école que je m'arrêtais, à l'aller, je lui faisais un signe de la main, j'étais accompagnée par ma vieille tante qui ignorait l'intimité de notre relation. Elle m'avait dit qu'il était juif parce qu'il gardait sur sa tête une kipa. Elle ne savait rien de lui. Elle ne m'avait d'ailleurs jamais raconté de ce qui s'était passé avant que je ne vienne au monde. Il m'a fallu attendre bien des années pour écouter des bribes de récit sur le temps de la guerre, ce temps qui n'avait pourtant pas passé, ce temps dont je voyais des traces sans en comprendre la teneur. Je me suis demandé si l'absence d'évocation des horreurs avait été une façon de préserver non point l'innocence des enfants, mais plutôt leur rêve ingénu d'un futur.

Lui, il ne ressemblait pas à mon grand-père bien qu'il dût avoir le même âge, il ne bougeait plus, peut-être était-il encore là la nuit durant. Son tabouret était devenu son socle. Je n'imaginais pas ce qu'il attendait hormis ma venue depuis le bout de l'impasse. Et ce que je suis en mesure de penser aujourd'hui ne saurait être que le fruit d'une réflexion elle-même marquée par le temps de mon âge : par l'apparence de son apaisement voulait-il me donner confiance en la vie ? Il était si calme qu'il finissait par me faire peur. Comment ne pourrais-je pas me dire maintenant que cette absolue tranquillité était happée de l'intérieur de son corps squelettique par la vision de l'horreur ?

Un matin, le tabouret était là, sur le trottoir, sans lui. Je me suis inquiété, je m'attendais à ce qu'il revienne s'asseoir au seuil de son immeuble, je ne connaissais personne qui aurait pu me dire ce qui s'était passé. Et les jours suivants, je ne l'ai plus revu ni son tabouret. J'ai cru qu'il était parti. Je me souviens qu'une dame, couturière de ma mère, a apporté le tabouret chez mes parents, elle leur a dit que c'était pour moi, que je devais le garder toujours. Depuis ma chambre, je n'ai pu entendre les quelques explications qu'elle leur a données, j'ai compris que le vieil homme était mort. Les raisons pour lesquelles ce tabouret a atterri près de mon lit n'avaient pas besoin d'être confirmées par des adultes. Tel le trône d'un roi défunt, l'objet sacré veillerait sur moi durant la nuit. J'évitais d'y déposer quoi que ce soit, je voulais le voir vide, absolument vide. Je m'interdisais d'imaginer la présence d'un fantôme décharné, je passais souvent ma main sur le plateau comme j'aurais pu le faire sur un crâne chauve.

Bien après son décès, j'ai appris que le bâtiment civil en face duquel le vieil homme demeurait assis sur son tabouret, avait servi de bureaux à la Gestapo. Je n'ai pas cherché à savoir qui il était. Lorsque je pense à lui, j'ai des larmes aux yeux, je ne devrais pas l'écrire, c'est une histoire silencieuse, une histoire absente qui fait retour comme un soupir en écho à la nuit des temps. Un épisode de mon enfance qui illustre ce que je n'ai pas vécu - ce sentiment de l'insoutenable sérénité des lendemains de l'horreur. Et aujourd'hui, je garde cette image d'un fantôme survivant que la mort n'aura jamais délivré de l'usurpation emblématique de la vie parce qu'il a eu la chance de trépasser dans son lit. Ce tabouret, chaque fois que je le revois, surgit la vision de l'impasse où j'ai vécu toutes les joies de ma propre enfance tandis que lui, le décharné, extirpé des camps de la mort, avait été condamné à témoigner de l'enfer dans une ultime sérénité. Je n'avais pas dix ans quand il est décédé, j'ai longtemps contourné la place où il se trouvait sur le trottoir, elle n'était visible que pour moi. Chez moi, je n'ai jamais rien posé sur le plateau du tabouret, c'était un socle sans sculpture. Quand il s'est cassé, deux de ses pieds s'étant disjoints, il a été réparé avec des pointes d'une manière si peu soignée qu'il a gardé la trace de son déboîtement comme on laisse une cicatrice pour montrer qu'une histoire a eu lieu.

Il m'était impossible de retracer la figure insaisissable de cet homme qui n'en était déjà plus un. Souvent, à partir du souvenir de son allure, j'ai tenté en vain de reconstituer des traits de son visage, je n'y suis jamais parvenu, que ce soit de loin, quand je marchais sur le trottoir, ou de près, quand j'étais debout contre lui, je ne le voyais pas vraiment, j'ai plutôt senti ses doigts décharnés sur mon crâne chevelu, ses doigts qui me faisaient tressaillir. Sans doute ai-je imaginé au cours de ma vie que j'étais moi-même un enfant juif, que mes parents avaient réussi durant la guerre à ne jamais être identifiés. Des rêves de circoncision sont venus confirmer ma croyance et un jour, à Berlin, un collègue de l'université m'a interpellé en affirmant publiquement que mon nom avait été changé, que j'avais été un « enfant caché » - ce qui laissait entendre que ma mère avait triché quant à la déclaration officielle de ma naissance -. Comment aurais-je pu être un « enfant caché » après la guerre ?

Le tabouret, il est maintenant chez mon fils. Objet parmi tous les objets, il a sa place dérobée et pourtant visible. Là où il est, il continue d'être ce qu'il a été. Chaque fois que je vais chez mon fils, je lui jette un coup d'œil, il est toujours vide, personne ne semble y poser un livre ou un bibelot, il demeure nu dans un coin. Sa

clandestinité ne l'a jamais quitté. Il me regarde, la
tendresse ironique que je lui attribue me donne
les frissons de son incroyable pérennité. »

8.- Le collier d'ongles

Elle avait mis du temps à se décider avant
d'entreprendre une cure analytique. Ayant de
plus en plus fréquemment la certitude d'être une
autre, elle avait pris peur lorsqu'elle s'était
aperçue qu'elle commençait à s'interpeler toute
seule dans la rue. Elle avait lu quelques livres sur
le dédoublement de la personnalité, elle n'était
pas convaincue par les explications de la
psychologie. Elle l'était d'autant moins qu'elle
constatait chaque jour combien les autres
révélaient les mêmes symptômes comme s'il
s'agissait d'une maladie si courante que personne
ne semblait y échapper. Cette inclination à se
prendre pour un autre lui paraissait être
nécessaire pour survivre, elle n'avait rien de
pathologique. Ce qui l'inquiétait, c'était la vitesse
croissante du dédoublement. Elle se sentait prise
par l'impression tenace de toujours se
fragmenter. L'an passé, elle s'était mise à
dessiner au fusain ses différentes allures en les
classant, elle avait aussitôt réalisé qu'elle aurait
pu continuer à l'infini. Plus elle multipliait les
silhouettes, plus celles-ci finissaient par se
ressembler.

Elle habitait dans la préfecture d'une province
française de l'Est, Bar-le-Duc, une ville qui avait

grandi autour du bastion que représentait son centre historique. Dans l'église Saint-Etienne, le sculpteur Ligier-Richier avait conçu un « transi » dont la stature inquiétante cachait une énigme. Selon la légende, le prince René de Chalon en 1544 aurait commandé avant de mourir que son cadavre soit sculpté trois ans après son décès. La sculpture en marbre de son squelette était magnifique, les os semblaient encore si vivants qu'ils évoquaient la place des nerfs. Elle allait souvent regarder ou plutôt observer le décharné, car tel était son vrai nom. Elle, si boulotte, avait bien du mal à s'imaginer qu'elle puisse devenir aussi élancée après son trépas.

Son psychanalyste était logé dans la partie haute de la cité sur une place triangulaire prolongeant le parvis de l'église. Il n'avait guère de patients, elle n'attendait jamais dans le salon attenant à son cabinet. Peut-être n'inspirait-il pas confiance avec ses épais sourcils qui cachaient une partie de ses yeux. Quand elle prenait place sur le divan, elle ressentait le poids de son corps tandis que son analyste, auquel elle avait donné le surnom de « Gaston », émettait chaque fois, au début de la séance, les mêmes petits sons qui venaient tantôt de son estomac, tantôt de sa gorge dont la glotte proéminente paraissait bien nerveuse. Gaston ne disait rien, ou presque rien, il faisait semblant de prendre des notes, il l'écoutait, elle l'entendait. Ses maux d'estomac établissaient un genre de dialogue et, lorsqu'elle s'arrêtait de parler, elle attendait de lui au moins un bout de phrase. Gaston cultivait un art exceptionnel du balbutiement : passage syncopé d'un râle léger à l'usage de deux ou trois phonèmes pour articuler ce qui pourrait bien apparaître comme la naissance probable du sens. Elle le voyait de profil quand elle arrivait ou quand elle s'en allait. Au hasard d'un face à face, elle ne parvenait pas vraiment à distinguer les particularités de son visage, il demeurait toujours dans l'ombre, ce qui le rendait encore plus brun qu'il n'était. L'obscurité de sa silhouette ne l'effrayait pas, elle la rassurait plutôt, peut-être voyait-elle en cette disparition du contraste l'énigme du dédoublement, quand le noir et le blanc ne définissent plus les limites extrêmes du spectre des couleurs.

Elle se rendait chez lui une fois par semaine, le mercredi matin. En marchant, elle s'amusait à suivre son sosie qui la précédait d'une dizaine de pas. Il était un peu plus grand qu'elle, plus mince aussi, il avait une allure décidée alors qu'elle semblait hésiter et parfois même manifester l'intention de lui fausser compagnie au détour d'une ruelle. Ce mercredi du mois de mars, quand onze heures sonnèrent au clocher de l'église, son sosie se mit à courir comme s'il était en retard. Elle le laissa faire, elle n'avait pas envie de se précipiter derrière lui, il avait le droit d'être autonome et même de se séparer d'elle. Elle avait expliqué à son analyste qu'un sosie devait avoir sa vie propre même s'il ne paraissait pas toujours agir à sa guise. Au fond, elle avait fini par lui avouer qu'un sosie qui fait sa vie n'en est plus un, en assumant ses actes, il conquiert sa liberté.

Un mercredi matin, elle eût l'impression que son analyste venait de changer de comportement. Son fauteuil n'était pas tout à fait à la même place, elle pouvait apercevoir ses mains et une partie de son visage. Ses doigts d'abord crispés, s'étaient desserrés, sa main gauche avait glissé sur son pantalon et s'était recroquevillé à la hauteur de son sexe. Il quitta son fauteuil avant qu'elle ne se lève pour partir, il s'approcha d'elle, son haleine n'était pas désagréable, il eût un vague sourire, elle recula d'un pas, il avança aussitôt d'un pas, elle s'apprêtait à lui donner de l'argent lorsqu'il posa ses lèvres sur sa bouche après avoir attrapé avec une certaine fermeté ses épaules. Elle ne l'avait pas repoussé bien qu'elle en eût le désir. Ainsi devint-elle sa maîtresse sans trop savoir si son consentement ne tenait pas à sa curiosité.

Ce n'était pas elle qui se laissait dévêtir, elle se voyait retirer ses vêtements l'un après l'autre sans

64

que son analyste n'intervienne, ses gestes, elle ne les contrôlait plus, ils se succédaient en obéissant à une détermination qu'elle ne parvenait pas à expliquer. Elle s'habituait à passer du divan au lit pour retourner au divan jusqu'au jour où il décida de la prendre sur le divan lui-même malgré l'étroitesse de l'objet. Elle ne comprenait pas pourquoi il gardait chaque fois ses chaussettes et, comme bien des femmes, elle déplorait ce manque de tact. Ce qu'elle lui disait au cours des séances devenait de plus en plus confus, il n'était plus question de dédoublement ni de sosie, elle restait obsédée par la présence de ses chaussettes qui, par ailleurs, ne dégageaient aucune odeur particulière.

Elle finit par en parler au cours d'une séance, elle lui demanda à brûle- pourpoint pourquoi il ne retirait pas ses chaussettes en laine quand il faisait l'amour. Sans la moindre hésitation, avec un sourire pour le moins étrange, il défit les lacets de ses chaussures, fit glisser les chaussettes pour lui montrer ses pieds. Ses ongles avaient poussé durant des années sans qu'il ne les coupe, ils s'étaient recourbés autour des orteils et avaient grandi sous la plante des pieds en formant une sorte de semelle presque transparente. Il lui déclara d'un ton solennel : « je veux bien les couper si vous acceptez d'en faire

un collier que vous porterez tous les jours autour
de votre cou. »

EEEOYS EDITIONS

EEEOYS EDITIONS est une aventure
éditoriale consacrée à l'aventure scripturale.
On n'y rencontrera que des œuvres aventureuses
qui dégagent l'entreprise littéraire de la
dimension égotique, réflexive, introspective,
pour déployer, leur auteur "retranché", comme
l'écrivait Mallarmé à l'occasion d'une conférence
sur Villiers de l'Isle-Adam de 1890, des mondes.

Eeeoys Editions propose quatre collections ou
quatre filières éditoriales.

La collection **THRES** est dédiée à la traduction
ou à l'adaptation audacieuse assumée d'œuvres
ressortissant au patrimoine des langues latines.

La collection **DARVEL** propose au lecteur des œuvres inédites caractérisées par le décentrement aventureux, représentatif ou stylistique.

La collection **LIBERLIBER** est dédiée à la publication des premières œuvres poétiques de jeunes auteurs chinois francophones.

La collection **E.TUGNY** est consacrée à l'une des recherches littéraires les plus singulières de notre temps : celle d'Emmanuel Tugny, romancier, poète et philosophe.

Solenn Hallou, agrégée de l'Université, est directrice littéraire d'EEEOYS EDITIONS.

Florian Virly, artiste, est directeur des publications d'EEEOYS EDITIONS.